Cristina A. Schumacher

Stories that Heal

Histórias que Curam

With Prescriptions – Read with Care

Com Prescrições – Leia com Moderação

Bilingual — Bilíngue

English — Português

KOTTER EDITORIAL

Diretor editorial: Sálvio Nienkötter
Coordenação editorial: Claudecir de Oliveira Rocha
Editor-executivo: João Lucas Dusi
Editor-assistente: Luiz Felipe Cunha
Capa: StephLotus
Design editorial: Carlos Garcia Fernandes
Produção: Joehverson Guslen Jacob
Preparação de originais e revisão: A Autora

Dados Internacionais de Catalogação na Publicação (CIP)
Angelica Ilacqua CRB-8/7057

S419h

Schumacher, Cristina A.
Stories that Heal : With Prescriptions – Read with Care = Histórias que curam : Com Prescrições – Leia com Moderação / Cristina A. Schumacher. – 1 ed. – Curitiba : Kotter editorial, 2025.
108 p.

Obra bilíngue: Língua inglesa e língua portuguesa
ISBN 978-65-5361-396-6

1. Contos brasileiros I. Título

CDD B869.3

25-0113

KOTTER EDITORIAL

Kotter Editorial Ltda.
Rua das Cerejeiras, 194
CEP: 82700-510 - Curitiba - PR
Tel. + 55(41) 3585-5161
www.kotter.com.br | contato@kotter.com.br

Feito o depósito legal
1ª Edição
2025

Cristina A. Schumacher

Stories that Heal

Histórias que Curam

With Prescriptions – Read with Care

Com Prescrições – Leia com Moderação

Bilingual — Bilíngue

English — Português

For Brad.

Para o Brad.

Table of Contents

Sumário

A Casa

O Coração

Wounds

Healing

Ferimentos

Cura

Foreword

Sometimes a writer appears, seemingly out of nowhere, who seems to be writing in a style that is unique and original. Cristina Schumacher is one such writer. From the moment I first heard Cristina's work, I was struck by her original take on life, love and everything in between. Since reading more of Cristina's work, this impression has only been reinforced.

The stories in this collection offer a fresh angle on relationships and other situations we might find ourselves in. It is highly visual work, drawing on images which are often at a subconscious or archetypal level. A woman finds her limbs are turning to stone; water is seeping into a house; a mountain unexpectedly appears; people are traversing a tunnel to another land; and a woman is shrinking to the size of a shoe.

The work is also contemporary: there is an undertow of disquiet which many of us have been feeling with Covid — an internal, slightly anxious kind of feeling.

A further dimension is that these stories are presented in both English and Portuguese. Through a dual appreciation of these 'microcontos bilíngues', we have a chance to open another window to the world.

You might view these micro-fictions as jumping-off points for your own imagination. You might even say these stories are meditations on life.

Tina Shaw

Prefácio

Às vezes, do nada, aparece alguém que escreve em um estilo único e original. Cristina A. Schumacher é alguém assim. Desde o momento em que li pela primeira vez o trabalho de Cristina, fiquei impressionada com sua visão original da vida, do amor e de tudo o mais. Ao ler mais do que ela escreve, essa impressão se fortaleceu.

As histórias nesta coleção oferecem um novo ângulo sobre relacionamentos e outras situações em que podemos nos encontrar. Trata-se de uma escrita altamente visual, baseada em imagens que estão frequentemente em nível subconsciente ou arquetípico. Uma mulher descobre que seus membros estão se transformando em pedra; água brota em uma casa; uma montanha aparece inesperadamente; pessoas atravessam um túnel para outro espaço; uma mulher encolhe até o tamanho de um sapato.

A escrita também é contemporânea: há uma nota de inquietação que muitos de nós têm sentido pós-Covid — um sentimento de ansiedade. Outra dimensão desta coletânea é que as histórias são apresentadas tanto em português quanto em inglês. Através de uma dupla apreciação destes "microcontos bilíngues", temos a oportunidade de abrir uma nova janela para o mundo.

Você pode encarar essas microficções como pontos de partida para a sua própria imaginação. Pode até dizer que estas histórias são meditações sobre a vida.

Tina Shaw

Author's Preface

The seed for this book was inadvertently planted in a flash fiction workshop held by the New Zealand novelist Tina Shaw during the 2020 Hamilton Book Month. I have written many non-fiction books to help others teach and learn foreign languages, but the first book I published back in Brazil had been a compilation of very short stories — now categorised as flash fiction. Even before this genre had become established, I intuitively recognised that it was for me. Naturally, I was curious to see that there was going to be a workshop about it and thought I would attend just to see how flash was produced in English in general and here New Zealand, specially.

I had been in Hamilton for little less than half a year and wasn't sure about what I would do in — or with — my new New Zealand life. The two previous years I had spent in Brisbane with constant trips to Brazil. I had a business card with both the Brazilian and the Australian addresses printed on it, but due to the constant trips and changes in my life I didn't feel that I could do business or have a life in earnest in either country.

I decided to give the workshop a try. As a listener.

I approached Tina during the break to read the piece I had written in the first half of the seminar. She liked it and encouraged me to read it to the group. The reactions I got from my reading were everything but discouraging. Participants seemed genuinely touched by my story and their reactions produced an unexpected warmth in my heart. In one of the participants' words, the story

Prefácio da Autora

A semente para este livro foi inadvertidamente plantada em uma oficina de microcontos conduzida pela novelista neo-zelandesa Tina Shaw durante o Mês do Livro de Hamilton, em 2020. Eu escrevi muitos livros de nãoficção para ensinar e aprender línguas estrangeiras, mas o primeiro livro que publiquei no Brasil foi uma coletânea de microcontos. Mesmo antes de se estabelecerem como gênero, me identifiquei com a linguagem dos microcontos. Naturalmente, fiquei curiosa ao saber que haveria uma oficina sobre o assunto e pensei em assistir, só para ver como *flash fiction* era produzida na língua inglesa em geral e, especialmente, aqui na Nova Zelândia.

Eu estava em Hamilton há pouco menos de meio ano e não tinha certeza sobre o que fazer da — ou com — minha nova vida. Os dois anos anteriores eu tinha passado em Brisbane com viagens constantes ao Brasil. Eu tinha um cartão de visita com os endereços brasileiro e australiano impressos nele, mas, devido às viagens constantes e mudanças, não sentia que poderia me dedicar a ter um negócio ou uma rotina pra valer em qualquer país.

Decidi experimentar o workshop como ouvinte.

Aproximei-me da Tina durante o intervalo para ler o que eu tinha escrito na primeira metade do seminário. Ela gostou e me encorajou a ler meu texto. As reações que obtive da leitura foram tudo, menos desanimadoras. Os participantes pareciam genuinamente tocados pela minha história, e suas reações produziram

'makes us feel things'. Her words struck a note in a metaphorical symphony of acceptance and actualisation for me. So the fiction I write in English is not only for self-consumption, I considered.

Because I have always written my stories in both English and Portuguese. There is no set process of a first language then a translation. As for their theme, I am aware that they convey a general, enhanced sense of perplexity, which is further accentuated by an ample use of magic realism. Being born and raised in South America, I matured as an author in that tradition. It is a marked trait of my work to explore the body as a space of discovery and realisation of the limit-less/ful-ness of our human condition. As a relatively long-standing Vipassana meditator and yoga practitioner, I have become aware of the body as a frame and both a passage and a limitation for exploring and understanding consciousness. Many of my stories convey this notion.

As far as 'messages' are concerned, I hardly ever start a story with a plan to convey a specific idea. Weird as it may seem, my stories usually write themselves through me. It has been like this since I was a child and read my writing out loud to my mother. After listening, she would often play the classic discouraging parental role by saying that 'this sounds so mature — it can't be you.' Oh, mothers. They are the fish bowls in which we swim as embryos and fetuses and babies eventually grown so big that life pushes us out of them. My mother has been a relentless bowl. She never broke, even when she did, and the strength she's taught me more than outvalued the occasional discouragement experienced by the girl who read her lines while the woman cooked the food or did the dishes.

The biodata that accompanies my work in the websites and anthologies in which I took part here in New Zealand says that it took me almost half of my lifetime to go back to writing fiction. This is partly due to the path I took, back in Brazil, of choosing

um quentinho inesperado no meu coração. Nas palavras de uma participante, a história "nos faz sentir [umas] coisas". Para mim, aquelas palavras tocaram uma nota em uma sinfonia metafórica de aceitação e realização. "Então, a ficção que escrevo em inglês não é só para autoconsumo", considerei.

Sempre escrevi tanto em inglês quanto em português. Não há um processo definido de qual vem antes. Quanto aos temas, estou ciente de que transmitem um sentimento geral e forte de perplexidade, acentuado por toques generosos de realismo mágico. Nascida e criada na América do Sul, amadureci como autora nessa tradição. Outro traço marcante do meu trabalho é explorar o corpo como um espaço de descoberta e realização da ausência de limite/plenitude da nossa condição humana. Como praticante de Vipassana e ioga há relativamente bastante tempo, tornei-me consciente do corpo como estrutura e também a um tempo passagem e limitação para investigar e compreender a consciência. Muitas das minhas histórias transmitem essa noção.

No que diz respeito às "mensagens", quase nunca começo uma história com um plano para transmitir uma ideia específica. Por mais estranho que possa parecer, minhas histórias geralmente se escrevem através de mim. Tem sido assim desde que eu era criança, quando lia o que escrevia em voz alta para a minha mãe. Depois de ouvir, ela muitas vezes desempenhava o papel parental clássico do desencorajamento, dizendo que "isso soa tão maduro — não pode ser você". Ah, mães. São os aquários em que nadamos como embriões e fetos e bebês que, por fim, se tornam tão grandes que a vida nos empurra para fora deles. A minha foi um aquário implacável. Ela nunca quebrou, mesmo quando o fez, e a força que ela me ensinou mais do que superou o desânimo ocasional experimentado pela menina que lia seus textos enquanto a mulher cozinhava ou lavava a louça.

Os biodados que acompanham meu trabalho nos sites e antologias em que participei aqui na Nova Zelândia dizem que

to be a self-employed business consultant and mother of two, but also, and mainly, because it is emotionally disruptive to write about the things that I write. In other words, most of my flash pieces carry pieces of me, too. Kindly accept them as an honest manifestation of a soul left with no option but to finally go back to searching.

Cristina A Schumacher
cristinaschumacher.com
Hamilton, NZ

demorei quase metade da minha vida para voltar a escrever ficção. Isso se deve, em parte, ao caminho que percorri no Brasil, de ser consultora de negócios independente e mãe de dois filhos, mas também, e principalmente, porque escrever sobre as coisas que escrevo gera muita perturbação emocional. Em outras palavras, a maior parte das minhas histórias também carrega pedaços meus. Receba-os como manifestação honesta de uma alma a quem não resta outra opção senão, por fim, retomar a busca.

Cristina A Schumacher
cristinaschumacher.com
Hamilton, NZ

Acknowledgements

Tina Shaw has been instrumental in encouraging me to put this compilation together. We have had many opportunities to discuss the manuscript since October 2020, in our prolific and most pleasant exchanges of text editing for Portuguese classes. *Obrigada, querida Tina!* Brad Jackson, my husband, has supported me in countless ways. He has given me the confidence to take this step of showing the work of my heart — my creative writing, and not just that of my mind, to the world again, as all my other books — with the exception of a first flash fiction compilation back in 1994 — have been language teaching and learning manuals, phrase books, text books, methods and grammars. The creative writing had remained inside my drawers.

The Waikato Writers Group, the Ampersands Poetry Group and the Writers' Den — groups of authors and poets who have welcomed me into their circles, and who meet regularly in Hamilton — have also played an essential role in helping to build my confidence to publish in English. I wouldn't have trusted myself to compile this book without their welcoming and accepting attitude towards my work. Many thanks to Mike Burns, Norman Franke, Jeff Taylor, Peter Dornauf and Jo and Ross Millar. Special thanks to my dear friends Carrie Barber and Nicky Webber, too. My work in recent years as manuscript assessor of the New Zealand Society of Authors has also incentivised me to pursue this publication.

Agradecimentos

A escritora neozelandesa Tina Shaw teve um papel-chave em me ajudar a fazer esta compilação de histórias. Tivemos muitas oportunidades de debater o conteúdo do manuscrito durante nossos ricos e prazerosos encontros, desde outubro de 2020, trocando edição de textos por aulas de português. Obrigada pela parceria, querida Tina! Brad Jackson, meu marido, me apoia de incontáveis maneiras. Ele me ajudou a ter autoconfiança em grau suficiente para mostrar novamente ao mundo o trabalho do meu coração — minha ficção, e não apenas da minha mente — meus livros técnicos. Afinal de contas, com a exceção de uma primeira compilação de microcontos em 1994, meus outros livros foram todos manuais de ensino e aprendizagem de línguas: manuais, guias de conversação, livros-texto, métodos e gramáticas. A escrita criativa ficava na gaveta.

Também gostaria de agradecer aos Waikato Writers, ao grupo de poesia Ampersands e ao Writers' Den, grupos de autores e poetas que me deram as boas-vindas em seu meio e que frequento regularmente em Hamilton, Nova Zelândia, onde moro. Meus agradecimentos a Mike Burns, Norman Franke, Jeff Taylor, Peter Dornauf e Jo e Ross Millar. Agradecimentos especiais às minhas queridas amigas Carrie Barber e Nicky Webber. Meu trabalho nos últimos anos como avaliadora de manuscritos da New Zealand Society of Authors também me incentivou a publicar este livro.

No lado não ficcional das coisas, gostaria de agradecer à minha amiga Margalit Toledano por seu apoio e força. Gratidão

On the non-fiction side of friendships, I'd like to thank my friend Margalit Toledano for her support and encouragement. My gratitude also goes to Nona Morris and Todd Nachowitz, my former workmates at EarthDiverse, for being specially skillful in making me feel at home in New Zealand.

I have so far participated in five and won three New Zealand flash fiction competitions. Two first prizes in the local flash fiction competitions held by the Waikato Writers group, namely with the stories 'If the Shoe Fit' and 'The Inevitable', renamed 'Abuse' in this collection. I won the third prize in the MicroMadness 2021international flash fiction competition with 'The Consequences of Change'. This compilation has also been shortlisted in the 2023 At the Bay Manuscript competition. Norman Franke kindly volunteered to translate some of my stories into German for the online literary magazine https://ariel-art.com//.

Because of many other emotionally demanding life commitments I have since stopped taking part in competitions and were it not for these encouraging prizes, I probably would not even have ventured into this publication journey.

também à Nona Morris e Todd Nachowitz, meus amigos e colegas de trabalho na EarthDiverse, pela excepcional habilidade de me fazerem sentir em casa na Nova Zelândia.

Até o momento, participei de cinco concursos de microcontos na Nova Zelândia e recebi três prêmios. Dois primeiros prêmios — por Reduçãoe *Abuso* (antes chamado O Inevitável) nos concursos de microcontos do Waikato Writers — e o terceiro prêmio, com Consequências de uma Mudança, no concurso internacional de microcontos MicroMadness 2021. Esta compilação de microcontos foi finalista no At The Bay Manuscript Competition de 2023. Norman Franke gentilmente ofereceu-se para traduzir algumas de minhas histórias para o alemão, e elas estão publicadas na revista literária.

Por causa de outros compromissos emocionais exigentes, praticamente parei de participar em concursos literários. Se não fosse pela motivação que esses prêmios me proporcionaram, é provável que eu nem estivesse me aventurando nesta publicação.

The House

A Casa

A Story for Spotting Real Evil

A Demon in the Room

There is not a lot of furniture in this dining room, but what few pieces there are have been well-chosen and arranged. A table, four chairs. Polished floor. In the corner near the open window, the tall red swivel chair displays its emptiness with majesty. It is caressed by the sheer white curtains that swing in the breeze. We're having our meal. In silence. The talking is all done by the arabesque-patterned cutlery against our obsidian plates. A poor dialogue of fork and knife.

Suddenly, our gazes lock.

História para Encontrar o Verdadeiro Mal

Um Demônio na Sala

Os móveis são poucos, mas bem escolhidos e posicionados. Mesa, quatro cadeiras. Assoalho com brilho. A poltrona vermelha, alta, magra — giratória — reina num canto vazio junto à janela. Cortinas brancas transparentes se movem, suaves, por causa da brisa. Fazemos nossa refeição sem falar. Quem conversa são os talheres filigranados de arabescos quando tocam na louça de obsidiana. Sons repetidos que enchem a sala. Pífio diálogo de garfo e faca.

De súbito, trocamos olhares.

A Story for Revising One's Trauma with Family

Family Ties

I was a guest in that house and couldn't help but feel awkward when I was introduced to the members of the family. It's not that they were unfriendly to me, no. Their smiles, the way they kept patting me on the back, their enquiries about my family, friends, and career plans—all of it could have easily filled my empty heart. Their awkwardness was in how they were with each other: cold, thorny, spiteful.

Dinner was served. On flowed the conversation. But me, all I wanted was to leave. What a relief it was to finally be served the dessert. I ate it and asked to be excused from the table — said I needed to freshen up. The malaise was growing in me. That field of magnetic malice, their smile-coated sneering, the unloving remarks that hit like stones thrown blindly over and over.

On the way back from the toilet I stop in the living room. There are photo albums on the centre table. Dog-eared, full of marks and with faded covers, these albums seem to have been skimmed through countless times. I'm curious — what are this family's pictures like? How did they pose for them? Could it have been different from what I had seen and felt just now?

História para Revisar os Traumas com a Família

Laços de Família

Eu era uma hóspede naquela casa. Ao ser apresentada aos membros da família, me senti mal. Não que tivessem sido indelicados comigo, não. Seus sorrisos, tapinhas nas costas, perguntas sobre minha própria família e amigos, meus planos profissionais — essa amabilidade podia preencher fácil, fácil o meu coração vazio. O mal-estar vinha de como eles eram uns com os outros: frios, espinhosos, rancorosos.

Serviu-se a janta. A conversa fluía. E eu, tudo que queria era partir. O alívio foi quando, por fim, chegou a sobremesa e eu pedi licença para sair da mesa. O mal-estar crescia e me asfixiava. Maledicência magnética: zombaria nos sorrisos, observações desamorosas que feriam como pedras que te arremessam de novo. E de novo.

Ao voltar do toalete, parei na sala de estar. Havia álbuns de fotografia na mesa de centro. Orelhas nos cantos, marcas de dedos, cores desbotadas nas laterais: esses álbuns pareciam ter sido vistos e manuseados um sem-número de vezes. Como seriam as fotos dessa família? Como posaram para elas? Teria sido algo diferente do que vi e senti? Abri o primeiro álbum: uma foto antiga, mas em branco. Folheei. Muitas fotos, todas vazias de imagens.

I open the first album and see an old but blank photograph. I browse through the rest of the album. More blank photographs. I take another album in my hands and in it more yellowish and empty pictures show me nothing and nobody from within their decorated borders.

Perhaps in this house there is indeed nothing; nobody but me, a guest who is just about to leave.

Tomei outro álbum nas mãos. Nele, mais fotografias mostravam-me, desde dentro dos recortes decorativos das suas bordas, nada e ninguém.

Talvez naquela casa não houvesse mesmo nada; ninguém, a não ser eu — hóspede prestes a partir.

A Story for Realising Change

The Consequences of a Change[1]

We were all at home when the floor began to move.

The wood began to bulge there where the chandelier cast its brightest light. At first, it seemed like a reaction to moisture, the way it swelled, yet it kept growing. In our house a mountain began to form. Perplexed, we watched as it grew. Some of us built ladders and carved steps to the mountain sides. Others stared, day after day, unwilling to believe their eyes. Still others turned their backs on the mountain, but for them, life became a kind of hell. Because you cannot ignore the topography of where you live.

[1] https://nationalflash.org/2021-micro-madness/

História para Compreender a Mudança

Consequências de uma Mudança

Nós estávamos todos em casa quando o piso começou a se mover. E poderia ter sido um buraco, mas foi o contrário: algo começou a se formar bem ali onde incidia a luz do lustre. No início, era igual a quando a madeira trabalha e levanta um pouco. Mas não parou aí. Logo percebemos:que dentro de nossa casa nascia uma montanha. Vimos ela crescer, aos poucos, e cada vez mais. Alguns de nós se preocuparam em sempre poder ter acesso ao cume, acoplando e adaptando escadas e degraus. Outros olhavam, dia após dia, sem querer acreditar na montanha. Outros ainda deram as costas a ela, mas, para esses, a vida em nossa casa tornou-se um inferno, pois é impossível ignorar a topografia de onde se vive.

A Story for Contemplating the Hurdles of Mortality

Living in a Body

A man will be imprisoned in a room with a door that is unlocked and opens inwards; as long as it does not occur to him to pull rather than push.

Ludwig Wittgenstein

The door is locked. Does this mean I can't go out? Can't come back in? Where to? Does it matter? It's locked. I twist the handle. Nothing happens. Maybe if I try again? I was sure I hadn't locked it. And the key — it should be in the lock. But it isn't. The door just won't open. I try twisting the handle the other way, even though it doesn't make sense for it to work that way. Yet, to my surprise, it does indeed open then. But the sight of what's on the other side in unsettling: there's another door.

História para Contemplar os Obstáculos da Mortalidade

A Vida em um Corpo

Um homem permanecerá preso em uma sala cuja porta, destrancada, se abre para dentro. E lá ficará se não lhe ocorrer puxar em vez de empurrar.

Ludwig Wittgenstein

A porta está chaveada. Isso quer dizer que não posso entrar? Ou não posso sair? Para onde? Que importância tem? Está chaveada. Eu giro o trinco; nada acontece. Quem sabe tento de novo? Eu tinha certeza de não tê-la chaveado. E a chave, a chave deveria estar na fechadura. Mas não está. Não se mexe, esta porta. Tento girar o trinco em sentido horário; seria ilógico que, por fim, ela abrisse, mas, para minha surpresa, é o que acontece, e o que vejo do outro lado me perturba. É outra porta.

A Story for Letting Go of the I

ID

I walk with the crowd, eyes down, careful not to stumble. People keep bumping into me. I should look ahead. I might be missing the path. But instead, I decide to look around, and every face I see is the same: someone unbeknownst to me. I'm afraid of this place, but my fear doesn't stop me from walking on. Along the way I see a mirror. Would I recognise my own reflection in it?

I stop before it and come closer. Looking in the spaces between those who come and those who go, I see myself. I look just like the rest of the crowd. Just like all the others; my face and theirs, all the same.

História para Abandonar o "Eu"

ID

Caminho com a multidão, olhando para baixo e cuidando para não tropeçar. Esbarram em mim. Preciso olhar para a frente; posso estar errando o caminho. Mas não.

Decido olhar em volta, e todos os rostos que vejo são da mesma pessoa. Alguém que desconheço.

Tenho medo de estar aqui, mas, apesar do medo, sigo adiante.

Há um espelho. Eu me reconheceria nele? Paro. Aproximo-me. Para conseguir me ver, aproveito os vazios entre os que vêm e os que vão.

E me vejo: meu rosto é igual ao de todos os outros. Somos iguais. Nossos rostos, o mesmo.

A Story *for* Being One with Nature

I Had Long Held that Seed

In the palm of my hand, I had long held a seed. Eventually, it took my body for soil and germinated right there, at the centre of my left palm. I would walk around with that plant growing from me, and while everything became more difficult — try seeing for yourself what it is like to become soil and allow germination — change was my only constant. The plant thrived, and I grew weaker, older. It bore flowers, then fruit, and I gave myself up for it.

Now rooted, always in the same place, I see how the birds that perch on us, the sun that brightens us, and the wind that strips us of our leaves all blend together as one with the world. I'm here, yet I'm not; I'm everywhere.

História para Ser Um com a Natureza

Por Muito Tempo Segurei a Semente

Por muito tempo, na palma da minha mão, segurei aquela semente. Fazendo meu corpo de solo, ali mesmo, no meio da palma esquerda, ela brotou. Brotou e cresceu. Eu andava por aí com aquela planta nascida em mim, e, ao mesmo tempo em que tudo ficava mais difícil — experimente ser solo e dar a germinar para ver como é —, tudo também mudava. A planta crescia, eu envelhecia. A planta fez flores, fez frutos, e eu troquei de existir com ela. Por ela.

Agora, embora eu esteja sempre no mesmo lugar, planta e plantada, solo e localizada, os pássaros que nos pousam, o sol que nos ilumina e o vento que nos desfolha, tudo se mistura ao mundo todo. Estou aqui, mas não; estou em toda parte.

A Story for Celebrating the Otherworldliness of Childhood

When Concealing is Irrelevant

The magician had just finished his show. The little girl who wanted to learn magic walked toward him.

'Don't come near me,' he cried.

'Why not?' she asked.

'Because when seen up close, no magic endures,' he replied.

He then turned his back on her, revealing the strings from which he was hanging. A human-sized puppet, that's what he was.

But she saw nothing, as she had spotted magic elsewhere in the funfair, and left.

História para Celebrar o Estranho Mundo da Infância

Quando Ocultar Não Importa

— Não se aproxime de mim! — pediu o mágico à criança que se aproximava porque queria aprender a fazer mágica.

— Por que não? — quis saber a criança.

— Porque, vista de perto, nenhuma magia perdura — respondeu o mágico, dando as costas e revelando sua natureza de boneco. Viam-se as cordas de onde ele pendia — como uma marionete — e de onde se sustentava sua existência.

A criança, porém, atraída por magia em outro lugar no parque de diversões, foi embora sem nada ver.

A Story for Perhaps Making You Laugh

Landverse

In the Land Where Everybody Looked Up the awareness of the sky's vastness was commonplace, as was the knowledge of the science of bird flight.

When someone from the Land Where Everybody Looked Up left for faraway lands and ended up being among those in the Land of Just Looking Ahead, it was not unusual for misunderstandings to arise. But then, there as in most places, were those who were able to see infinity in everything. In their company the ones from Looked Up shared their thoughts on existence, eased their homesickness, and healed their persisting neck pain.

História para Talvez Fazer Você Rir

Terraverso

No País onde Todos Olhavam para Cima, a consciência da vastidão do céu era lugar comum, assim como o era o conhecimento da ciência do voo dos pássaros.

Quando alguém do País onde Todos Olhavam para Cima partia para longe e acabava se encontrando entre os habitantes do País onde Todos Olhavam Adiante, não eram incomuns os mal-entendidos. Mas então, lá, assim como em quase todo lugar, havia aqueles que podiam ver o infinito em tudo. Na sua companhia, os de Olhavam para Cima compartilhavam seus pensamentos sobre existir, matavam a saudade de seu país e curavam a persistente dor no pescoço.

The Heart

O Coração

A Story for After Falling in Love

When it Rains in the Desert

Her love for him stretched far like a desert road: long and desolate. The kind that leads travelers to places where there are no signs of civilisation. And yet, unlike the desert, her will to stay by his side bloomed with every dawn, and budded smiles on her face with the mere prospect of another tomorrow in his company. Always tomorrow, when his love for her would line that desert road with trees unaffected by the desert sun's scorch.

So she stayed.

And stayed.

História para Depois de se Apaixonar

Quando Chove no Deserto

O amor que ela tinha por ele se estendia feito uma estrada no deserto: longa, vazia, e que conduz viajantes a lugares onde não há sinal algum de civilização. E, ainda assim, diferente do deserto, a determinação dela em ficar ao lado dele florescia a cada aurora, e a mera ideia de um mero outro amanhã em sua companhia desenhava sorrisos no seu rosto. Sempre amanhã, quando o amor dele por ela iria encher a estrada de árvores que o sol do deserto não queimaria.

E então ela ficou.

E ficou.

A Story for the Power of Coming Back Together

Communication

I need to see them, to talk to them, but for that I must traverse the tunnel. I speak but hear nothing back. Perhaps my voice reaches them only as a whistle, or as the wind. The tunnel is long and dark. I know. I've crossed it many times. Should I go through it again? Memories of the cold and the darkness, sore toes from stumbling on the derelict railway line make me hesitate. Yet I need to be with them. So at the end of the tunnel I stand and shout at the top of my lungs:

'Hold each others' hands and come this way!' Then I wait.

Footsteps.

Many Footsteps echo forward. They approach me, reaching out. We all hold hands and walk away.

From a distance, we watch as the mountain containing the tunnel crumbles, leaving behind a vast, rubble-filled field.

História para o Poder do Reencontro

Comunicação

Preciso falar com eles, mas, para isso, tenho de cruzar o túnel. Ser ouvida daqui onde estou é impossível. Minha voz deve chegar até eles como ruído, assovio, vento. Preciso falar com eles. O túnel é longo, escuro. Sei bem. Já o cruzei muitas vezes. A memória da escuridão e do frio, dos tropeços nos trilhos de trem abandonados, me faz relutar. Mas preciso falar com eles. Por isso, paro na boca do túnel e grito:

— Deem-se as mãos e venham.

Aguardo.

Ouço passos.

Muitos passos. Eles se aproximam e me estendem as mãos. Seguramos as mãos uns aos outros e saímos dali. De longe, vemos se desmanchar a montanha em que passava o túnel e onde restará, em breve, um campo vasto e coberto de escombros.

A Story for Starting Over

A Spring Past

I counted the flowers as they wilted and fell, one by one, onto the table. They were like the unconnected dots of a poorly sketched heart. I picked them up, and the heart was gone. I smelled them, and like the dying wick of a candle threatening to go out at any moment, a sense of hope flickered in me. Hope. Like the whiff of those shrivelled petals.

História para um Recomeço

Primavera Foi

Contei as flores murchas que caíam, aos poucos, sobre a mesa. Eram pontos que, uma vez juntos, formavam um mal-rascunhado coração. Tomei as flores nas mãos e o coração se desfez. Senti o seu aroma. Como o pavio bruxuleante de uma vela que ameaça apagar a qualquer momento, uma esperança tremulou em mim. Esperança. No perfume que restava das pétalas esmorecidas.

A Story *for* the Night

Long *before* Dawn

'Can you see how the moonlight fails to light up what's there, on the other side of our window?' he asks me, and I nod.

But for me, in all the dimly outlined shapes I strain to see through our window, what I feel is that the moonlight has sown seeds of light that have yet to germinate.

'The moonlight is fertile darkness,' I tell him.

He gives me the sorry-I-don't-get-that look.

I smile and walk to the window to open it, breathe in the night and accept it.

História para a Noite

Muito Antes de Amanhecer

— Vê como a lua não consegue iluminar o mundo do lado de lá da nossa janela? — Ele me pergunta, e eu faço que sim. Mas, em todas as coisas que a pouca luz desenha, eu sinto uma semente de luz que apenas ainda não germinou.

— A luz da lua é a fertilidade da escuridão. — Eu lhe respondo.

Ele me olha com cara de “muito-complicado-isso”. Sorrio e caminho até a janela para abrir as vidraças, e respirar e aceitar a noite.

A Story for Piercing Loneliness

If the Shoe Fits

The morning after you left me something unusual stirred in my body — besides the grief in my soul, the cold on the other side of the bed and the absolute silence of waking up alone.

I went to the bathroom to brush my teeth. As that physical sensation became stronger I stopped for a moment in front of the mirror. My mouth was foaming with toothpaste and my gaze was clouded by abandonment. Your absence was causing a perforating pain in my chest. And I looked different: shorter, smaller. Yet, it could only be me.

I walked to the kitchen and as I opened the fridge I noticed that the door, which reached as high my breasts, was now as tall as my shoulders. How does a fridge change size?

I drank milk, I ate bread and wanted to sit by the window like we used to, but the chair no longer afforded me that view. I grabbed some cushions to sit on. My arms were barely long enough to hold them. Desperately trying to touch the tips of my fingers together over the cushions, I started to cry and let them slip to the floor.

I walked back to the bedroom, salty face, nightgown trailing on the floor. It needed a new hem, I thought.

I spotted your shoe in the corner of the room — you must have forgotten it in your hurry to leave. I approached the shoe

História para Solidão Dilacerante

Redução

Foi na manhã após o dia em que você partiu. Senti algo estranho no corpo — além de toda aquela dor na alma, além do frio no outro lado da cama, além do silêncio absoluto que faz o despertar a sós.

Levantei e fui escovar os dentes, e, por sentir ainda mais forte a estranheza física, parei por alguns segundos, inerte, diante do espelho — a boca cheia de espuma do dentifrício, o olhar burro de abandono e a dor, estatelada, por dentro. Na imagem, percebi a diferença: eu parecia outra pessoa, menor, mais baixa. Mas não, só podia ser eu mesma.

Caminhei até a cozinha e, ao abrir a geladeira, encontrei-a mais alta, porque a porta, que antes ficava à altura dos seios, agora estava no nível dos ombros. Como é que uma geladeira pode mudar de tamanho?

Tomei o leite. Comi o pão. Sentei à janela.

Quando andava à procura de almofadas para colocar sobre a cadeira (só queria ver o dia), intriguei-me ainda mais, porque a altura do assento costumava ser suficiente para eu enxergar a rua. (Você antes também sentava ali. Sentávamos juntos, e juntos víamos o movimento das primeiras horas todas, ou quase todas, as manhãs.) Então, agarrada nas almofadas, vendo que já não conseguia segurá-las como antes, pois meus braços estavam mais

slowly so I wouldn't trip on the nightgown which was now too long to lift off the ground, but even so I tripped and fell.

I fell inside your shoe.

curtos, precisei chorar enquanto tentava ao menos unir as pontas dos dedos.

Caminhei de volta ao quarto, o rosto salgado, a camisola arrastando no chão. Ia precisar de uma nova bainha, pensei.

Percebi o pé de um par de seus sapatos no canto do quarto; decerto esqueceu. Aproximei-me do sapato tão devagar quanto pude para não tropeçar na camisola, que minhas mãos já não conseguiam suspender, mas, mesmo assim, tropecei e caí.

Caí dentro do sapato.

A Story for Awakening to the Truth

My Load

I had been carrying my suitcase vigilantly everywhere, hardly ever putting it down for fear it might get damaged. You see, even though scratches, tears and lacerations are the fate of every piece of luggage, I refused to accept it for mine. Because of what I thought was inside. So everything about my suitcase called for constant attention, unceasing preoccupation, and continuous caution.

I travelled the world, always carrying that load with me.

Until the day when I reached a particular border. And there, as if being awoken from the longest of dreams, I was told, 'Open your suitcase, please.'

No! I thought, and clutched it like a son that was going to leave forever. It was my treasure, my life's worth.

They tore it from me and were going to open it. I could not endure the thought of its cherished contents being exposed. When its zipper got jammed, I was heartbroken to see them start to cut it. I was in shock, watching them tear it apart.

And then I saw what was inside. My suitcase, now gaping open in front of me, had always been empty.

História para Despertar para a Verdade

A Carga

Eu carregava aquela mala com todo o cuidado. Até colocá-la no chão eu receava, temendo os arranhões. Entenda, ainda que arranhões sejam o destino de qualquer bagagem, eu não aceitava que aquela mala os tivesse. Por causa do conteúdo. Meu cuidado era tanto que tudo naquela bagagem inspirava atenção, preocupação, cautela.

Andei pelo mundo. Ela, sempre comigo.

Até o dia em que cheguei a uma certa fronteira. Pediram-me:

— Abra a mala, por favor.

Não!, pensei, e me agarrei a ela feito a um filho que partiria para sempre. Era meu tesouro, a riqueza da minha vida.

Obrigaram-me a soltá-la. Eles iam abri-la. Mal suportava pensar que seu conteúdo ia ser exposto. Ao não conseguirem abrir o fecho, acharam por bem cortar um dos lados.

Estava em choque ao ver o que faziam com ela, a minha mala.

E então, olhando dentro dela, agora aberta na minha frente, descobri: todo o tempo minha mala tinha estado vazia.

A Story for Attempting to be Free

Winging Freedom

'Leave the door open,' she said, scratching the irritation on her back.

'But what about the draught?' he asked, deflecting the request. 'The house will be cold,' he added.

'Yes,' she replied, 'but do leave it open, and let the wind blow in, it helps me,' she insisted while her back seemed to be itching more and more.

Then as she drew towards the threshold something burst free from her shoulder blades. She began to stretch the feathers of the large, iridescent wings that had unfolded, ones she hadn't even known she had. With the help of the wind, and in the open space beyond the door, then and there, she took flight.

História para Tentar ser Livre

Ruptura

— Deixe a porta aberta — ela pediu, coçando as costas compulsivamente.

— Mas e a corrente de ar? — ele perguntou, tentando não atender ao pedido. — A casa vai ficar fria — justificou.

— Sim — ela respondeu —, mas deixe aberta, por favor, e que entre o vento. Ele me ajuda — declarou ela, suas costas coçando cada vez mais.

Ao ser atraída pelo limiar, ela sentiu que algo em suas costas rompeu. Foi quando começou a eriçar a plumagem furta-cor das grandes asas que não sabia que tinha.

Bem ali, no espaço aberto além da porta, com a ajuda do vento, ela voou.

A Story for Peace

Caressing the Earth

There was going to be a war. Everyone had to enlist. So the man who could only dance stopped the music and stopped dancing. And because he could only dance, packing proved difficult. But he managed it and left the ballroom to join the army.

There was going to be a war. The thought of a war caused every muscle in the body of the man who could only dance to ache as if pricked by thorns. But he did all that was asked of him.

Eventually he moved into formation with the others and had to march. But when everyone was marching, he could only dance. His superiors approached him, abused and shouted at him, to no avail. He kept trying to step heavily, to be martial, yet his feet only caressed the earth underneath them. His superiors tried to force him to stay put on the ground.

'Harshness! Maleness! Strength and subservience, wobbly legs!'

Rumble, rumble, rumble sounded their voices.

He could only dance.

Then from watching him dance, the others became contaminated: some left, some danced along, and others still realised that they could fly.

História para Paz

Acariciando a Terra

Ia haver uma guerra. Todos deviam se alistar. Então o homem que só sabia dançar parou a música e parou a dança. Porque ele só sabia dançar, foi difícil arrumar as coisas para partir. Mas, por fim, ele conseguiu e deixou o salão para unir-se ao exército.

Ia haver uma guerra. O homem que só sabia dançar sofria só de pensar, o corpo parecendo coberto de espinhos. Mas ele fez tudo que lhe disseram para fazer.

Por fim, ele entrou em formação com os outros porque tinha de marchar.

Quando todos marchavam, ele só conseguia dançar. Seus superiores se aproximaram, ofenderam-no, gritaram com ele, sem nada obter.

Ele tentava ser marcial, tentava pisar duro, mas seus pés apenas acariciavam a terra onde pisava. Tentaram segurá-lo firme no chão para mostrar-lhe.

— Dureza! Força! Obediência, seu perna mole! — diziam. Gritavam. — Um, dois, três, quatro! Um, dois, três, quatro! — vociferavam.

Ele só sabia dançar.

Então, ao vê-lo, os outros se contaminaram: alguns partiram, outros dançaram junto, e outros ainda viram que podiam voar.

With soldiers all around and above them, the superiors' protests became intense and desperate. So much shouting damaged their voices until they were permanently silenced by their own exhausted vocal cords.

There was no one to issue orders.

There was no war.

Com soldados à volta de si e sobre suas cabeças, os superiores gritaram tão alto e causaram tanto dano às suas gargantas que a natureza silenciou suas exaustas cordas vocais para sempre. Não havia quem desse ordens. E não houve guerra.

Wounds

Ferimentos

A Story for Awareness of Momentum

Precious

I still remember how it started, but probably won't for long. The toes of my left foot felt heavier. To be able to walk, I soon needed to lift my leg high and swing it forward. After a day or two, the skin turned pitted and cold. It seemed my foot had become stone and, gradually, my whole leg did. Then the other leg. And the rest of me. I wasn't afraid; it was almost interesting to witness my own paralysis, or should I call it transmutation?, as my very self began to shift too. Because everyone knows that the only powers of stones are their weight and inertia. In this new condition, I tell no more stories. I do not smile or say good-bye to my friends after having met with them. I don't meet anyone. All of me, now, is stone.

História para Consciência da Oportunidade

Preciosidade

Lembro bem como começou, mas não sei por quanto tempo consigo manter minha lembrança.

A ponta do meu pé esquerdo ficou pesada. Comecei a caminhar fazendo força para erguer a perna e avançar. Depois de um dia ou dois, a pele ali era fria e áspera, e parte do meu pé parecia pedra. Sim, parte do meu pé parecia pedra. Aí, a perna toda. E a outra. E todo o meu corpo. Não tinha medo; era quase interessante observar minha paralisia, ou devo dizer metamorfose?, não estivesse o meu eu se desfazendo junto. Afinal, todos reconhecem: o saber das pedras é o peso e a imobilidade.

Na minha nova condição, eu não conto mais histórias. Não sorrio nem me despeço dos amigos depois de tê-los encontrado. Não os encontro.

Meu corpo todo, pedra.

A Story for Love Lost

Beyond Chagrin

I stood there, hands in my pockets, looking at the flower you gave me. What was I to do with it? In no hurry, I lifted it up from where it was lying and began to rub it — into pieces. Then I smelled my palms and studied the crushed petals, scattered on the ground at my feet.

No tears. No smiles. Only the facts.

História para um Amor Perdido

Além da Perda

Tirei calmamente as mãos do bolso e, com elas, esfreguei a flor que você me deu. Até esmigalhar. Depois senti o cheiro nas palmas e vi as migalhas das pétalas, tão impermanentes, espalhadas no chão à minha frente.

Eu não tinha lágrimas, nem sorrisos. Só os fatos.

A Story of Assessed Bereavement

What the Need to Hear from You Does to Me

I reached for my pen to jot down a few notes, but I couldn't.

I had no hand to hold it.

História para o Luto Calculado

O efeito da Falta de Notícias Tuas

Fui pegar a caneta para escrever as coisas de todo dia e não consegui: meu braço terminava no punho.

A Story *for* Daughterly Unforgiveness

The Fruits of Motherhood

She took her mother by the hand and led her through the steep terrain of her accomplishments. When they reached a cliff she stopped and withdrew in silence, leaving her blind and senile mother there, at the edge.

História de Perdão Filial Não Concedido

Quando a Maternidade Frutifica

Pegou sua mãe pela mão e a conduziu pela paisagem escarpada das suas realizações. Quando alcançaram um precipício, pararam. Ela se retirou em silêncio, enquanto a mãe, cega e senil, ficou ali, à beira.

A Story for Not Giving Up, no Matter What

The Word is 'Proceed' or I did Not Know it Would Be like This

I was stabbed countless times. One would think all the cuts would result in torrential bleeding or death, yet I was still alive. The memory of those blows was harder than having suffered them. Because even though I was not dead, the wounds never healed. At my slightest movement they would bleed again. I was often alarmed to find my clothes drenched in blood. In the middle of my everyday chores—whatever they were—I had to rush home to change. It was so disturbing — impractical, really, to have to stop what I was doing just because one or more of my wounds decided to bleed again. This routine, however, has taught me how to live as I die, and I learned to admire the persistence and industriousness of my heart.

As I write, some blood trickles down my hand to the pen and blotches the paper. It forms a word, but I cannot read it.

História para Não Desistir, não Importa o Que Aconteça

A palavra é 'Persista' ou Não Sabia que Seria Assim

Foram muitos golpes de faca. Era de se esperar que eu fosse sangrar até morrer — mas não, eu ainda estava viva. A memória de receber os cortes doía mais do que tê-los sofrido. Porque, embora eu não estivesse morta, as feridas nunca saravam; tão abertas, vertiam sangue ao mínimo movimento. Quantas vezes me surpreendi ao perceber minhas roupas encharcadas. Em meio a alguma tarefa qualquer, tinha de correr para casa e trocar de roupa. Que incômodo ter de parar o que estava fazendo só porque alguma ferida resolvia sangrar de novo. Inconveniente, mesmo. Nessa rotina, porém, aprendi a viver enquanto morria, e a admirar a persistência e o esmero do meu coração.

Enquanto escrevo, o sangue escorre pela minha mão até a caneta, mancha o papel e forma uma palavra que não consigo ler.

A Story for Those Who Are Not Inclined to Favour Patience

Everything Changes

I had waited too long for you, and when I thought about giving up and leaving the place where we had agreed to meet, I couldn't. My legs wouldn't move. My arms wouldn't respond. My body remained still.

I had lost all sense of mobility.

The texture of my skin, my very existence, had, in fact, been altered. I could tell by the way passersby looked at me—the way tourists admire an attraction.

I had become the statue in the square, the stone with a beating heart. Being an involuntary muscle, my heart didn't depend on me to keep beating. But this, no one knew.

História para Quem Resiste a Ter Paciência

Tudo Muda

Esperei tempo demais por você.

Quando pensei em desistir e ir embora de onde havíamos combinado nos encontrar, não consegui. Minhas pernas não se moviam. Meus braços não atendiam e permaneciam inertes.

Eu tinha, de fato, perdido toda a mobilidade.

Eu tinha, de fato, mudado de textura, de existência. Quem passava por ali me olhava como quem faz turismo e aprecia uma atração.

Eu era a estátua na praça, a pedra que tinha um coração que só pulsava porque, músculo involuntário que é, não dependia de mim para pulsar.

Isso, porém, ninguém sabia.

A Story for Coming to Terms with Love Gone

Small change

Your coins are on the floor. Have they fallen out of your pocket, I wonder, or were they scattered there deliberately? I pick them up one by one and offer them to you. You smile but your hands stay where they are. You don't take them. Instead, you look down as if suddenly reminded of something deeply painful. Without saying a word, and now facing me, you walk to the door. Backwards.

Perplexed, I don't know what to say. Perhaps out of nervousness, I move my hand and hear the coins tinkle. You're by the door. Then, looking at my hand I notice: every coin is blank, heads and tails, all empty. They must be worth nothing.

História para Aceitar que o Amor se Foi

Adeus

Suas moedas estão pelo chão. Me pergunto se caíram do bolso ou se você as espalhou com intenção. Uma por uma, eu as junto e lhe ofereço de volta. Você me sorri, mas suas mãos permanecem onde estão. Você não as toma de volta; apenas olha para baixo, como se de repente recordasse algo que lhe dói muito lembrar. Sem dizer palavra e agora olhando para mim, você caminha para a porta. De costas.

Perplexa, não sei o que dizer.

Nervosa, mexo a mão. As moedas tilintam. Você está próximo à porta. Então, olhando para a minha mão, vejo como as moedas estão lisas: cara ou coroa, tudo um vazio. De certo, não têm valor algum.

Healing

Cura

A story for Re-experiencing Birth

Into this World

No one would have thought it. Neither would I. It hurt terribly.

I was in a narrow, suffocating place. It seemed like the end of the world, though I had no idea that the world could end, or even that it existed. This is how it was: an antiworld, antiplace, antispace. I inhabited it, unable to measure time as time itself was something I ignored.

The space was tight, solid, almost coarse, and shrinking. Perhaps I was growing? Hard to say. After all, outside time and space, where or what was I? No identity, no self to account for any growth.

I remained forever in that acute, consuming, hurtful absence of anything. It felt like a cry that woulldn't stop, invading my ears with building deafening force.

Squeezed and contorted to the point of total constriction, every part of me hurt as though in a long and difficult birth. Unexpectedly, I broke the solidity of the shell that had always seemed to be stronger than any effort I could muster.

Coming out, I found not the usual resistance but the void. My body expanded and I became something I didn't know I was.

História para Reviver o Nascimento

Para Dentro deste Mundo

Ninguém imaginava. Nem eu. Mas foi assim: doeu muito.

Era estreito, sólido e asfixiante. Parecia o fim do mundo, mas eu então não sabia que o mundo tinha fim, ou mesmo que existia. Assim: um antimundo, antilugar, antiespaço que habitei sem conseguir medir o tempo, porque o tempo, ele mesmo, eu tampouco conhecia.

Muito estreito, sólido, quase áspero, e cada vez menor. Podia ser que fosse o eu que crescia, e não o lugar que diminuísse. Afinal, sem tempo e sem espaço, o que era eu para ter alguma identidade, e assim me saber crescendo?

Fiquei ali durante um infinito. O sem-espaço é agudo, massacrante, doído, sem posição. Um grito que não termina e entra, berrante e cada vez mais, tímpano adentro.

E quando tudo me apertava a ponto de não ter mais qualquer movimento, quando tudo em mim doía como em um longo e custoso parto, quebrei a solidez da casca que sempre me pareceu mais forte do que qualquer força que eu tivesse. Inesperadamente.

Ao sair dali, encontrei não a resistência de sempre, mas o vazio. E aí expandi. Mais e mais, eu era o que eu não sabia. Escutei

I saw the cracked and broke pieces of the shell, now powerless splinters of what once contained me.

I break into full movement and savour the world, time, and space.

a casca rachar e romper. Agora em pedaços, era um resto do que antes me continha.

Ganhei o espaço, o poder-mover-se. Lugar, mundo, tempo.

A Story *for* Stirring Up Mystery

It Happened to Us All

Angels sat by my side and explained to me, one by one, the mysteries of life. They paused at times — not to catch their breath, as angels aren't subject to the effort of breathing, but to capture my full attention through those silent spells. Immersed in listening, I wasn't able to take notes. Then once done with the talking and the silences, the angels smiled and made me forget, one by one, the mysteries of life.

História para Despertar Mistério

Aconteceu com Todos Nós

Um anjo sentou ao meu lado e me explicou, um a um, os mistérios da vida. Ele parava às vezes, não para tomar fôlego, porque anjo não está sujeito aos esforços envolvidos no respirar, mas para colher a minha atenção inteira com seu silêncio. Eu ouvia, imersa, sem conseguir anotar nada. Então, quando o anjo concluiu sua fala e seus silêncios, sorriu e me fez esquecer, um a um, os mistérios da vida.

Story to Make you Awaken

Wanderlust

In the Land Where Everyone Sleeps, waking up was very painful. It took extreme effort to open one's eyes, like the dread of a paralysing nightmare. In the Land Where Everyone Sleeps, whoever managed to eventually awaken had to fight the overpowering urge to go back to sleep. They also had to face the weakness of their arms and legs and the acute desire to be lying down, mistaking endless rest for just tiredness. Those who did keep their eyelids open had yet another Herculean task: to remember their dreams. Only by doing so they would know where to go. Because the one nice thing about this land was that it had no borders.

História para Fazer Você Despertar

Desejo de Viajar

No País onde Todos Dormiam, acordar doía muito. Era preciso um esforço extremo para abrir os olhos, quase como se fazê-lo fosse o sonho mais temido, o pesadelo mais paralizante. No País onde Todos Dormiam, quem conseguisse, por fim, despertar tinha de combater as próprias pálpebras, que insistiam em fechar. Tinha de enfrentar a moleza nos braços e nas pernas, a vontade horizontal aguda, o engano de achar que é cansaço o descanso infinito. E quem conseguisse, afinal, manter os olhos abertos tinha ainda outra imensa tarefa: precisava lembrar bem dos seus sonhos. Só assim saberia para onde ir. Pois a única coisa boa naquele País era a ausência de fronteiras.

Story about the Veil of Creation

Divine Signs

A beggar approached the empty sanctuary in fear. He showed reverence in his own way and kneeled as he expected not to speak to God, but to listen for Him.

He waited.

Drinking in the song of the nearby birds and the distant hum of bustling mankind, he stood still.

If all was silence, God would be numb.

História sobre o Véu da Criação

Sinais divinos

Temeroso, o mendigo se aproxima do santuário vazio. Ele faz as reverências que sabe e se prostra, esperando não falar com Deus, mas ouvi-lo.

Espera.

Enquanto os pássaros cantam aqui e ali, e se fazem ouvir os ruídos da humanidade tão ocupada, mais além, o mendigo sente.

Se tudo fosse silêncio, Deus seria mudo.

Story for Recalling What the Past Might Have Been Like

Released

I traced the final line in the drawing that has taken me a thousand years to complete. In it was the contour of love, historical battles at sea, victories secret and revealed, the disputing of overt and veiled power, nights of pain or whispers in beds of faded blue satins, dungeons reeking of mould and oblivion, the tallest of trees fallen to the ground, bonfires, deserts, sand, scarabs, and eyes that are open and closed and half-closed. I drew this final line in the passage of time, signed it and withdrew slowly to the end of my existence.

História para Lembrar como Pode Ter Sido o Passado

O Libertar-se

Fiz o traço final do desenho que demorei mil anos para completar. Nele, o contorno de amores, conquistas históricas através dos mares, vitórias reveladas e ocultas, poderes exercidos aberta e veladamente, desbotamento de azuis e maravilhas acetinadas em noites sussurradas ou sofridas, calabouços fétidos de mofo e esquecimento, árvores frondosas ao chão, fogueiras, desertos, areia, insetos e olhos abertos, fechados, semicerrados. Risquei o traço final na paisagem do tempo, assinei minha obra e me retirei lentamente, para o fim de existir.

Story of You and Me

Erosionbound

The loose stones on the edge of the precipice are asking, 'What's God's plan for me?'

História Minha e Sua

Destinoerosão

— Qual o plano de Deus para mim? — Indagam-se as pedras soltas na encosta do abismo.

Story to Be Afraid of

Abuse

It began as a trickle of water on the floor beside my desk at work. A negligible amount of water which seemed to flow from a crack in a plastic cup, like those you find by drinking fountains. But the truth is, there was no cup, just the water. It soon needed mopping up. And then again, and again. I saw how the others in the office busied themselves with this same baffling leakage. Because the whole office was wet.

Then all of the offices on the floor.

The building itself.

And the street.

At home, in bed, I had to change sheets in the middle of the night. In two days a new mattress was needed. For fear of drowning during my sleep, I started to sleep sitting up.

The water felt like me: my own temperature, neither cold nor hot. But it became more and more noticeable as it started to flow past my legs like a running stream. Gentle at first, the stream grew stronger and stronger.

Later on that night I walked out of my door and in the street light I saw how other people's clothes were wet up to their chests. The water had been flowing rapidly down the road and pavement and now reached every space, every corner. In the current I saw magazines, identity cards, a one-eyed doll with no

História para Temer

Abuso

Começou com um fiozinho de água escorrendo pelo chão, perto da minha mesa no trabalho. Era uma quantidade mínima de água que parecia ter origem na rachadura de um copo plástico, daqueles de bebedor. Mas é verdade que não havia nem o copo, nem o bebedor, só a água. Em seguida, foi preciso um pano. E depois outro. E outro. As pessoas no meu trabalho tinham que se ocupar também desse vazamento sem origem.

Não demorou para que toda a sala ficasse com o chão molhado.

E então o andar.

O prédio.

A rua.

Em casa, na cama, tive de trocar os lençóis no meio da noite. Em dois dias, precisei trocar o colchão.

Comecei a dormir sentada, mas a água me tocava do mesmo jeito. Não era fria nem quente. Era uma água igual a mim, com minha temperatura, que pude sentir apenas porque passava por minhas pernas como uma correnteza. Suave no início, forte depois.

Saí para a rua e vi que mais pessoas tinham suas roupas molhadas até os joelhos, e, de fato, a água corria pelas calçadas em um volume crescente. Forte, tomava conta de todos os espaços.

clothes being carried past. Then furniture, cars, and even a street lamp post.

Amidst the violence of the flood I let go of my grip on the wall.

And off I floated.

A correnteza levava revistas, carteiras de identidade, uma boneca de um olho só, e nua. Depois levou os móveis, os carros, os postes.

No caos da inundação, soltei os braços da mureta onde me segurava para me deixar ir.

E fui.

Story for Eradicating Every Form of Inequality

I Had this Dream

Recalling Martin Luther King Jr's
speech '*I had a dream*'

It was a dream. My body had been ripped open and, as is customary with dreams, I could still see myself even though I was dead. I could see inside myself: my heart, lungs, trachea, stomach, and my intestines that looked like a path turning onto itself.

Lying by my side was a man. He had been ripped open too. His skin was dark. And his innards were like mine. Then on his side was a woman with a blood-drenched scarf around her head. Being in the same state, her guts did not differ from mine or the man's. Then I saw more men. And more women. By their sides were prayer mats, rosaries, tefillin, flags. Costumes. Blood-smeared and stained, ownerless and scattered objects lay around those corpses going the way of all flesh.

Different races, they would have been.

História para Erradicar toda Forma de Desigualdade

Eu Tive este Sonho

Relembrando o discurso de Martin Luther King Jr
'*Eu tive um sonho*'

Sonhei que tinha sido estripada. Como costuma acontecer em sonhos, mesmo morta eu podia ver dentro de mim: coração, pulmões, traqueia, estômago e intestinos que pareciam com um caminho que conduzia a si mesmo.

Ao meu lado havia um homem. Também ele tinha sido estripado. Sua pele era escura. Suas entranhas eram como as minhas. Ao lado dele havia uma mulher. Em volta da sua cabeça, o lenço encharcado de sangue. A ela tinha acontecido o mesmo que a mim e ao homem, e, assim como acontecia conosco, nada nela se diferenciava. Vi mais homens. E mais mulheres. Ao lado de seus corpos estavam tapetes de oração, rosários, filactérios, bandeiras. Os trajes espalhados em volta de seus corpos logo em putrefação estavam marcados com sangue.

Teriam sido de diferentes raças. Teriam reivindicado origens especiais e únicas.

I took my time and looked inside each and every corpse. Not one was different under their skin; our hearts had all stopped beating the same way.

Did they really once think that they were all different, I wondered, as I watched our blood slowly mingle into one single incarnadine, viscous pool of humanity. Would we have loved or hated each other?

The silence of dead bodies speaks a language learned too late.

Demorei-me olhando o que cada corpo revelava. Nem um sequer diferia do outro; nossos corações haviam parado de bater do mesmo jeito.

Será que realmente acreditaram-se diferentes?, eu me perguntava, assistindo ao nosso sangue misturar-se em uma única imensa poça encarnada de humanidade. Teríamos amado ou odiado uns aos outros?

O silêncio de corpos sem vida fala uma língua que se aprende a entender tarde demais.

Story for Letting Go of Identity

About Face

I touched my face like I had so many times before. It was a gesture of no consequence in between maybe exercising and looking through the window, or perhaps before recalling urgent errands and after eating breakfast. This time, however, my face came off my head like a mask.

Sensing the touch and the weight of the unshapely mound of flesh and skin in my hands, I put it down and rushed to a mirror. I needed to see what I looked like, but couldn't: my eyes had gone with the face I had just shed.

Drenched in panic, unexpected clarity made me realise I didn't have to see what I looked like — I already knew that face had not really been me. In fact, I had not yet — or ever — been me.

História para Abandonar Identidade

De Cara

Toquei meu rosto como sempre fazia, gesto sem consequência entre talvez exercitar-me e olhar pela janela, ou quem sabe antes de lembrar de tarefas urgentes e depois de jantar. Dessa vez, porém, meu rosto ficou nas minhas mãos como uma máscara.

Soltei o monte de pele e carne disforme que segurava em minhas mãos e corri para o espelho. Precisava — e não conseguia — ver como eu estava.

Meus olhos tinham ido junto com a cara que não era mais minha. Em meio ao pânico que eu sentia, um clarão de entender me mostrou: não era preciso ver meu rosto — ele não me representava.

De verdade, eu nem nunca — ou nem ainda — tinha sido eu.

pólen bold 90 gr/m2
tipologia calisto mt
impresso no outono de 2025